鸿鹄的断想

THE SWAN'S SILLY THOUGHTS

THE SWAN'S SILLY THOUGHTS

一个人诗歌集

鸿鹄痴梦 著

灯光下，我跟不上寂寞

一个人走，主要是灵魂

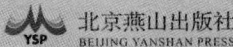
北京燕山出版社
BEIJING YANSHAN PRESS

一生中至少有那么一次,愿为某个人而忘了自己,不求结果,不求同行,不求曾经拥有,甚至不求你,爱我,只求在我最美好的年华里遇见你。

—— 徐志摩

作品/猫
绘画者/柳鱼鱼

你的过去我无法参与

你的未来我奉陪到底

——余秋雨

目录

- 追梦少年人 /001
- 致高考 /003
- 遥想失去的 2014/004
- 走 /006
- 记一个温暖的午后 /007
- 开门 /008
- 战车 /010
- 破灭与重生 /011
- 找寻 /012
- 迷茫 /013
- 缅怀我们逝去的时间 /014
- 我 /015
- 魂 /016
- 月色 /017
- 逃兵 /019
- 一个普通的下午 /022
- 青春，风雨走 /023
- 为了生活 /025
- 爱我理想 /027
- 光 /028
- 远方，寻 /029

- 夏天的痛苦，想起海子 /030
- 流逝的岁月很美 /032
- 补偿 /033
- 岁月，矗立，真理，灯塔 /034
- 纪念丹柯 /036
- 无题（一）/038
- 上帝的外衣 /039
- 晨曦 /041
- 迷途知返的酒鬼 /042
- 美丽夜空 /045
- 跟不上寂寞 /046
- 夜空下的断想 /048
- 乱心吟 /049
- 孤狼 /051
- 黑骏马 /053
- 依然相信未来 /056
- 一小步 /060
- 静夜思（一）/061
- 少年狂 /063
- 命运的汽车上 /064
- 黎明前 /066
- 我不能沉沦 /067
- 地狱与海子 /069
- 月神 /071
- 在这浮华的尘世 /072

- 静夜思（二）/073
- 穹苍下的人类 /075
- 早安，祖国 /077
- 关于 /079
- 传说与价值 /080
- 秘密 /082
- 落寞 /085
- 影 /086
- 南京南京 /090
- 泣血孤愤 /093
- 空虚 /096
- 雨 /097
- 对岸 /098
- 晴（一）/099
- 晴（二）/100
- 晴（三）/101
- 我爱的你 /102
- 遥远的思念 /104
- 星辰下 /105
- 黑夜 /107
- 洗手 /108
- 饥饿 /109
- 游戏人生 /110
- My Attitude/111
- 春雨 /113

- 孤独的鱼 /115
- 无题（二）/116
- 无题（三）/117
- 致鸿鹄 /118
- 苦痛 /119
- I Miss you/120
- 寻鱼 /121
- 历史 /122
- 无题（四）/123
- 午夜断想 /124
- 悲哀 /125
- 等 /126
- 思念 /128
- 夏日的雨 /129

追梦少年人

我们是追梦少年,
我们喜欢接受挑战,
散扬朝愁,
跌落尘埃。

像相交线会聚又分道而驰,
如单行线直行奋勇向前。

我们是追梦少年,
我们纯粹如月。
世相迷幻,
如游戏闯关我们要冲到最后一关。

带着企盼向着梦想,
不畏崎程不惧险滩。
金子总会发亮,
远方终有彼岸。

面对蓝天和星空,
面对大地和江河。

………鸿鹄的断想

最多的惘然也要看准方向，
最疼的伤痛也要一笑置之。

我们是拼搏少年，
风雨兼程。
斑斓众彩，
最苦最难也阻挡不了我们前进的脚步。

锦绣年华，
云月万里，
任前进淳朴之心，
热情高昂之态。
拥抱青春并奔向未来。

我们是梦想少年，
我们应步步为营。
飞马疾骋，
为了企盼为了梦想，
淡淡一笑，引吭高歌。

2014.4.18

· 致高考

在黑暗的尽头,
血红的东方。
太阳站了起来,
我们的血液在沸腾;
青春在今天燃烧!
我们要奋斗,
才能是一个幸福的人。

我也不再否认,
自己是一个幸福的人。
因为在今天我们的血液,
将沸腾燃烧!
一切的希望,
在黑暗的尽头,
血红的东方,
太阳站了起来!

2014.6.7

·遥想失去的 2014

在输赢与阳光的间隙中
风停了
被最后的时光带走
我站在门口
遥想在时光废墟里的 2014

闭上眼遥想
我的生命是树
岁月是浮动的年轮
2014 只不过是一条罢了
一条条弯曲，回旋
像人手掌的掌纹
彼此缠绕交错

影是流逝岁月的哀伤
是树的背面
是暗淡的存在

不过,影只在
树与光的间隙里

2015.1.13

……鸿鹄的断想

·走

冬日里一个人走着
阳光下扭曲的影子
缓慢地移动着
淹没于人群中
我只是缓慢地走
并没有注意到什么
缓慢地消失在人群中

2015.1.27

·记一个温暖的午后

阳光踏过四月的风
透过窗来到我身旁
这温暖的精灵
使书页变得透明
使心脏变得清新
过道里的脚步声
喧嚣早已散落在
午后的尘埃中

2015.2.8

··········鸿鹄的断想

·开门

打开门,没有阳光
因为在下雨
沉重的步伐
说出了:时间

弯曲的影子
跟着我
雨水落在地上
渗透进泥土

打开门,我要出去
因为屋里只有一人
不,似乎还有影子
踏出了:空间

走出去,看看
轻快的步伐
扭曲的魂
大街上的人

我不告诉你
我想你
想晴空万里

2015.2.25

·战车

我今天望着那辆战车
它锈迹斑斑，布满弹痕
像一个久经战火的老人
身上镌刻着累累血债

我用手在炮身上摩挲
冰冷从我的手掌传来
伤痕竟与我的掌纹相似

此时整座炮在颤抖
向我诉说那血色的历史

2015.2.26

·破灭与重生

生活中你想要尊严
做梦!
你想走出自己的路
妄想!
废物!
只是换来谩骂与嘲讽
人像狗一样吠叫
有什么用

现实将理想践踏得
体无完肤
理想在现实中破灭
然后在夹缝中
一次次地重生

人呢?
在破灭与重生中徘徊

2015.2.26

………鸿鹄的断想

·找寻

我喜欢在黑夜里
窥探时间的足迹
我发现了
却什么也看不见
在黑夜里

2015.3.13

·迷茫

当现实直击梦想
前方有多少花落
没有阳光
有多少人直面苦难?
又有多少人
活着
只为活着

在现实与梦想的
双重碾压下
活着

2015.3.15

缅怀我们逝去的时间

世界需要光明
它引领着
如人生的灯塔
我们只能活在当下
青春不会从来
我们再也不是少年
凤凰可以涅槃
在烈火中
我们不可以
在生活中

最后一场雨
明日
悠悠的脚步声
正在靠近
破晓的微光
撕裂黑暗的骄阳

2015.3.15

· 我

鸟折断了双翅
希望化风为翼
翱翔于苍穹

人废双足
希望化魂为足
用心驰骋大陆

2015.3.22

………鸿鹄的断想

·魂

黎明划破黑暗
汽车悠远的汽笛声
踏上去远方的路
踏上寻魂的路
我的魂在远方的城

2015.3.30

·月色

今夜的雨水,你多美
朦胧的月光下
摇着树叶
像温柔地摇着孩子

今夜的雨水,你多美
在黑暗中倾听
生命和时间的声音
那是朦胧的诗,月光

不可说
不可说的秘密
那是个朦胧地方
今夜的雨水,你多美

不可说时间的尽头
生命如孩童般暗自生长

………鸿鹄的断想

月光照着雨水
雨水印着月光
今夜月光和雨水交织在一起

2015.4.3

·逃兵

1938年
有一个人深夜来农舍投宿
那人带着伤
伤口十分吓人
这里远离城市
没有炮火的轰鸣

唯一有的声音是
潺潺的流水声
那是贫穷的农舍
他们很艰难地度日

那人试着敲门
应声走出一个老人
双目浑浊得像一口枯井
说话也不清楚

年轻人问
我可以投宿吗
老人:可以

鸿鹄的断想

不过太偏僻了，也不安全

老人把年轻人
带入农舍
农舍又黑又破
并没有点蜡烛

里面什么也没有
只有干枯的稻草
横在木板上
他坐在木板上
清理恐怖的伤口

奇怪的是今夜
没有炮兽的嘶吼
他怎么也睡不着
脑海中全部都是
这些天经历的画面
就在这时响起了
急促的敲门声

是谁在深夜里敲门
他连忙抽出勃朗宁
上面的血已经凝固

他靠在门上
屏住了呼吸
小心翼翼地打开门
以最快的速度冲出去
谨慎地环顾四周
发现什么也没有
缓慢地退回屋内
轻轻地关上门

敲门声再次响起
这一次他将枪口
对准门
子弹在黑暗中
撕裂空气发出响声
年轻人再次开门
借着月光
看到不远处的
溪流中散落着子弹

他猛地意识到了什么
举枪向屋内走去……

2015.4.14

……鸿鹄的断想

·一个普通的下午

一个人的时候
很安静
静得能听到
时间的足音
风吹动树的叶
沙沙作响

洗去昨日的旧迹
阳光照在我脸上
没有了烦恼
掩饰了年龄
只有年轻的脸
与金色拉长的影子

2015.4.14

青春，风雨走

落寞的午后，
阳光透过树枝的间隙，
投下青春的影子。
岁月划过指尖，
我看见生命在艰涩地流动，
如同稠密的液体一般滴落在心灵最深处。

十八岁已经随风而去，
少年已变成内心的回忆；
我只在风雨之中，
听它在耳畔诉说；
感受寂寥中生命的真谛。

风它会寂寞，
但，永不沉沦；
风它会迷失；
但，从不退缩。

########鸿鹄的断想

哪怕风雨正狂,
也要走自己的路!

在岁月的记忆中,
坚强,执着,拼搏;
是青春的动力,
在斑驳中前行,随雨走!!

2015.4.20

・为了生活

在生活中放弃追求,
停止仰望;
有你的穹苍。
为了生存放弃高傲的理想;
换取平静的生活。

生活无需理想,
无为的幸福,
来自心灵的最深处;
我的痛。

放弃灵魂与思想,
如果不能带来金钱;
请面对现实;
保持你的谦卑。

微风过处,
你将我唤醒;

...........鸿鹄的断想

我将拔除罪恶；
安慰我的生活。

2015.4.20

· 爱我理想

清晨
我爱我的理想
像信仰
温暖心房
心脏将加速愉快地跳动
像花儿进行光合作用
释放生命的氧气
阳光洒在脸上
如花香散在空气中
清晨
我爱我的理想

2015.4.22

··········鸿鹄的断想

·光

神的眼
打开两扇窗
沉积在地上
放射出光芒

神的窗
折射在心底
散射出希望

2015.4.27

· 远方，寻

晨曦的第一缕光线，
划破黑的夜，
阳光下妩媚的爱情。

你爱的人，
爱你的人。

在晨曦里，
每一个许下的愿望里。
都会有你，
我不承认自己会失衡。

那风雨行走，
黑夜狂奔。
如液体；
而在远方的你，
我寻不到你。

2015.5.1

夏天的痛苦,想起海子

夏天,夏天
何其短暂。

夏天何其痛苦!
他何其幸福。

又想起你在灰暗的灯下写诗,
这是个多么神奇的地方。
夏天何其痛苦;
他何其幸福。

我们中有个诗人也叫海子,
夏天何其痛苦;
他何其幸福。

如今的我同海子一般大,
泥土里葬着海子的骨骼;

夏天何其痛苦！
他何其幸福。

2015.5.4

……鸿鹄的断想

·流逝的岁月很美

流逝的岁月很美，
我们小小的沙漏，
是岁月流逝的印痕。
时间啊！
在寂寞中很美，
在无人倾听时你更美。

2015.5.4

·补偿

在大地上奔跑着,
大地和阳光的精芒。

我无法补偿,
大地和阳光的热情;
一种夙愿,
一种善良;
我无法补偿。

我无法补偿,
星辰的光芒;
在无尽的夜燃烧着。

2015.5.4

·岁月，矗立，真理，灯塔

岁月中矗立着真理的灯塔，
里面囚禁着古老的魔神。
刻满了人类曾经的悔恨，
我的鲜血缓慢流了进去；
为了看清斑驳的文字；
岁月中矗立着真理的灯塔。

我从亘古走来， 走来……
我觉得自己变得沧桑而古老。

在幻想和智慧中创造文字，
我回忆：死亡；轮回；降生。
对我的：期望；希望；失望。
我在生命的长河之中斑驳了。

现代人是欲望的野兽，
我们丧失了理性；
取代的是肤浅的欲望。

岁月中真理不断流失，

像我不断的轮回；
我是人类，
拿着上帝的笔；
如魂中之灵，掌中之血。
看清镌刻在上面的文字，
岁月中矗立着真理的灯塔。

2015.5.5

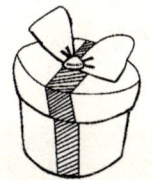

·纪念丹柯

暮霭下的草原燃烧着
星火
火焰吞噬一切
像人们没注意丹柯的死
星火,是他掏出的心脏
他倒在广大的草原上,丹柯
你是赤金色的星火

火焰,光芒四射,英雄丹柯
草原上流淌着他殷红的血
星火的血,也是丹柯的血
如圣洁太阳在天空燃烧
在草原上燃烧着

丹柯倒在地上
我也在地上
丹柯死了
星火燎原

悲剧的英雄
火焰钻入地底
燃烧

星火，燃烧使草原感到不安
星火的燃烧使辰光觉得羸弱
照亮漆黑的夜空
反射着人们无情的瞳孔
草原上
默默燃烧的星火
取自高尔基的《伊则吉尔老婆子》中的丹柯

2015.5.6

无题（一）

时间将夜晚酿成了月光
在银白色的月光下
我在这里
月光在我的窗叙事
这是一种熟悉的感觉
我们的灵魂开始交谈
月光漫过白纸
我继续写着诗

是朦胧的诗
像极了月色
时间在夜里流淌
我继续写作
渐渐地纸上有了文字

2015.5.7

上帝的外衣

欲望是上帝的外衣,
斩断肉体的一切血渗出来。

上帝的外衣,
亲情;爱情和物质。
欲望在耳边呢喃。

欲望与血不能融合,
扭曲了龙魂。

获得财富,
历经必要的黑暗;
一个人在清晨产生欲望,
因为努力地完美,而忍受欲望。

龙穴深处居住着我,
倾听你那秘密。
我们在风雨中前行,
安然无恙的大地,
涌出血红的泉水。

……鸿鹄的断想

欲望上帝的外衣,
谁带谁走了?

太阳自身光热无穷,
指责我。

于是我回忆亲人,
我已远离故土。
追忆我的情人,
我已住进单身公寓。

上帝的外衣,
囚禁在人的心;
远处囚禁着上帝外衣的人。

远处的人叫做梦想,
囚禁着外衣——欲望。

2015.5.10

·晨曦

是谁在温暖的晨曦里写诗,
是谁在诗中勾勒出一切。

谁在阳光下,飞舞着思绪。
并对我无限的给予。

是谁散尽了尘世的喧嚣,
还我晴朗天空。

天上的浮云,
是谁让她们在相依。

谁在漆黑如墨的夜,
谁在思考;
是谁在晨曦里,
勾勒着一切美好的诗。

2015.5.17

·迷途知返的酒鬼

大地，酒鬼们手中羸弱的星辰，
轻视酒馆的一切；
因为明天一切将从新开始！

泥土和酒精将我埋葬，
我的鲜花依偎在别人的怀，
抛向海洋，酒精、我、鲜花，

何方神圣拯救酒鬼？
拯救我？
今安在哉？

大地，日出于何方？
我们举杯，
在您的方向。

大地天才的语言，
鲜红如血的落日；
我想我醉了，
我想我腐朽了；

习惯孕育落寞。

我们的日不断下沉，
像酒精不断沉淀；
神圣的羽翼……幻想消散。
神圣的光芒，
光芒的神圣；
折射进我的酒。

诗人是苦难的王子，
黑夜中血饮咆哮；
逃跑、杀伐、追逐着未知……
乘骐骥以飞翔。

曾经河畔洁净的水，
树下我们的家。
大地升起炊烟——
天才的语言汇成诗。

当我们注视——泥土
酒精、我、鲜花被埋葬。

茫然地注视羽翼，
和我们的岁月；

·········鸿鹄的断想

酒鬼的烦恼。

迷恋酒是我们的绝症，
我们应乘骐骥；
离开酒馆；
去写下天才的诗。

王子最后的家，
又一次鲜红如血的落日；
我想我醉了，
我想我朽了。

大地，酒鬼们手中羸弱的星辰，
轻视酒馆的一切；
因为明天一切将从新开始！

2015.5.25

·美丽夜空

夜空的美丽
使我至今难忘
我坐在温润的大地上
陪着一颗颗蓝宝石一样的星光
过去的时光犹如一首美丽的诗
让我永远难忘

大地对时光的流逝
不会沉默不语,在夜空下
像星星,灿烂或是羸弱
都是窗前的花一朵
开放或者凋谢

2015.6.15

……鸿鹄的断想

·跟不上寂寞

灯光下,我跟不上寂寞,
一个人走,主要是灵魂。

灯光下,我跟不上寂寞
没有爱情的抚慰,主要是灵魂。
我已抛弃了许多,剩下的……
紧握在手中!他们都不在;
抛弃在遥远的地方。

幽长而混沌的光线中,
孤独的灵魂依然在前进。
没有寂寞,或者说:
因为寂寞已经极致;
没有爱情。

幽长而混沌的光线中,
只有荒凉冰冷的沙漠;
紧跟着灵魂。

寂寞之火,

爱我，紧跟着灵魂。

灯光下，我跟不上寂寞，
一个人，主要是灵魂；
跟不上光一般的思绪；
灯光下，跟不上自己的寂寞。

在我的生命中。

幽长而混沌的光线中，
存放着命运的枷锁；
囚禁着古老的鸿鹄，
鸿鹄仰天长鸣！
罪恶的枷锁掉下；
挣脱枷锁的鸿鹄；
天空任你驰骋！！！

2015.6.15

· 夜空下的断想

夜空的美丽
使我至今难忘
我坐在温润的大地上
陪着星光和时间，
过去的日子是美丽的诗
使我至今难忘。

大地对时间的流逝
沉默不语，在夜空下
像星光，灿烂或是羸弱
坐在我的心间。

2015.6.15

·乱心吟

梦中缠绕一次次落寞，
一口浊酒入那干喉；
昨夜小楼月未满；
今日却是愁！
那一刻，
看那寒风苦雨，南国
定是春光乍现。

猛然间回首，
是谁在拨动落寞的琴弦；
冷冷的冰雨，
滴落在心间；
遮住了我的眼，
只有冰冷残噬这余温。

这世间，
有人落寞，有人开怀；
没有什么对错，
没有应该不应该；
和而不流真君子，

·········鸿鹄的断想

附而不和非小人。

你千万别管
善心即在左右,
那是渐行渐远的愁。

2015.7.1

· 孤狼

黯淡的月光下，
一道孤傲的影子；
疾风似电地奔跑，
不愿被世俗束缚；
孤傲是天性。

从来不愿被驯服，
它才有生存的意义！
即使可恶的猎人
给它安上命运的枷锁；
关进罪恶的牢笼，
它一定会疯狂地咆哮！

就算你告诉它，
这条路上布满猎枪；
是鲜血与死亡的道路，
它依然会走下去。

不要问为什么？
或许因为它是狼！

鸿鹄的断想

它不会像羊那样活,
那么卑微渺小;
他会反抗,
用生命反抗!

千万别忘了,
它是狼,
桀骜不驯的狼。

         2015.7.1

·黑骏马

在黑暗阴冷的马厩中,
有一匹黑骏马。
没有温润的阳光,
没有妩媚的爱情;
没有人告诉它自己的价值。

马厩中有一匹骡子,
说:我们是骡子。
"吃的"是主人的施舍,
车上的货物挤满了;
"干"是我的责任,
缰绳扣进血肉,
我们选择沉默!

孤傲的鸿鹄,
在天边掠过。
血与泪的交横!
在黑暗中觉醒!
沧海一声笑,
黑骏马说:

………鸿鹄的断想

我不要施舍；
我要主宰命运！

老者说：好马，
飞奔是你的宿命；
在深邃的穹苍下；
开拓你的天涯。

凛冽的目光；
熊熊燃烧的信念，
远方的地平线；
你的家。
驰骋吧！黑骏马。

人生太多羁绊，
阻碍了你的道路。
前路太多曲折坎坷；
你没有时间喘息。
你不回头；
泪悄然滑落，
一个信念折断了；
黑夜席卷时空。
你终于来到悬崖边；
咆哮而起！

即使,
崎岖的山路,
让你无心再战……
即使,
岁月逝去韶华……

桀骜不驯是你的本性,
你告诉自己;
与其苟活于世,
不如高傲地去死!
挣脱命运的束缚,
岁月的枷锁。
驰骋吧!黑骏马。

2015.7.1

·依然相信未来

当生活无情地封锁了我的希望，
我所能做的只有在黑暗中等待；
但等待的日子总是煎熬的，
因为我们要承受不确定的孤独。

孤独在黑暗中前行，
漆黑的眸子隐隐有泪光闪动；
我知道是你的不屈信念，
你依然相信未来。

生活是药，鲜艳的糖衣散去，
药终将变得阴暗而苦涩；
这是生活的本质，
生活的本质是苦。

当我的汗水化为泥土的养料，
当我的努力化为别人的基石；
我在不起眼的角落，
我依然相信未来。

我依然相信未来,
它不是海边的幻梦;
未来的曙光将照射,
那一个心房。

未来的曙光将驱散阴霾,
还原青春最初的样子;
我们依然相信未来。

2015.7.2

·陌生人

七月动身走来，
温润的大地。
燥热的空气，
浮动的人心；
利刃的伤口。

两个陌生人，
在雨中；
来到陌生的城市，
黑暗中前行的感觉。

淅淅沥沥的雨声，
漫过两颗心房，
湿润了……

两个陌生人，
只是擦肩而过；

不必说,
我为你走来。

2015.7.2

一小步

再迈一小步
就可以休息。

再迈一小步,就可以
说服自己的心;
懦弱不是错,
而是罪过。

那一步,是沉沦
沉重;沉重;
沉重的一步。

如涅槃重生的凤凰;
再迈一小步;
迈向重生。

2015.7.16

·静夜思(一)

内心的困扰 饱含惆怅的种子
内心的狂暴
惆怅在指尖缠绕

种子干裂的大地
大地多么的孤独
种子需要浇灌幸福
开出一首首幸福的诗

幸福不是雷霆
辽阔的大地 清晰镌刻
惆怅
雷霆的光芒
折射出绿色的种子
闪电雷动

沙漠之巅的雪域
林间的剑意

……………鸿鹄的断想

火焰 弥漫是大片的烟
大片的烟 在雷霆的下面 痛苦地蠕动

2015.7.17

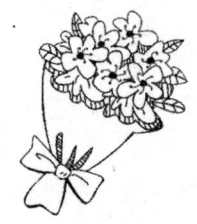

少年狂

吾非人间忧郁客，
时窗望月思泉涌。
自古英雄出少年，
吾惆怅？又何妨？
聊发古今任其狂。

2015.7.24

···········鸿鹄的断想

·命运的汽车上

在阳光下奔跑
命运的汽车在道路上奔驰
我栖息在梦想的翅膀
命运的汽车在阳光下
闪闪发亮
希望引出梦想
远离世俗
靠近天堂

灼热的阳光下
命运席卷而过
车轮破碎
只能隐忍生存

生存
没有翅膀的人类
在今天早晨
消失

在阳光下奔跑
人类昂起头颅
用力张开翅膀
梦想在天堂
命运的汽车上
闪闪发亮

         2015.8.5

·黎明前

黎明前的黑暗
杀不死鸿鹄
月光照耀着
孤傲的影子。

夏天的燥热
杀不了鸿鹄
两岸的铁索
勒紧了肩脖。

黎明前的黑暗
唯一的鸿鹄
被折断双翼
月光照耀着
像照耀着影子。

那是个夏天
杀不死鸿鹄。

2015.8.5

· 我不能沉沦

我的体内囚禁着，
古老的魔神；
它试图冲破封印。

晚上，我听见
它低声咆哮，
啜泣我的血液；
注入妄自菲薄的毒液。

我不能沉沦，
永不能沉沦；
它望着我，
一动不动；
用凌冽的目光。

这让我感到恐慌，
我明白只要……
有一个机会，
它将冲破封印；
将我吞噬，

..........鸿鹄的断想

所以，
我不能沉沦。

2015.9.5

・地狱与海子

自杀者逃离地狱
海子来到我身边
这天才的诗人

善良人的天堂
幸福闪闪发光

月色只是陪伴我的情人
树林，流水
在树林里见到海子
他站在另一边
低声吟诗

我的皮肤被剥落
心魂植入肉体
巨大的灵力来到河流
里面的遗体在颤抖
这天才的诗人

海子的指引

………鸿鹄的断想

　　逃离地狱
　　选择拥抱
　　温润的阳光

2015.9.13

·月神

反对太阳
反对它的炽热与高傲
它不是我的王者

月神你是惆怅之王
我的王者
太阳远方的兄弟
月神你知道吗
你是水乡的情郎

2015.9.13

· 在这浮华的尘世

我在尘世的喧嚣里
是无尽的尘埃
永远不知未来
在何方

在灿烂的阳光下
空气的枷锁被融化
投射出树玲珑的影

我不想休息
我想记录
岁月的影痕

2015.9.26

·静夜思（二）

内心的困扰 饱含惆怅的种子
像透明的雾
在指尖缠绕

九月秋高气爽的星空下
大地多么的孤独
城市和乡村中
四处是灯火踯躅的足音
玫瑰的余香在哪里
我的种子需要一缕月光来浇灌
开出花儿一样的幸福

而幸福不是电脑的键盘
可以让你随心所欲敲打
此刻，就让我用心倾听
种子萌芽的声音

………鸿鹄的断想

  告诉自己，该如何走出
  黑色的城

2015.9.17

·穹苍下的人类

大地上的人类
在星辰下照亮影子
像温柔的风
睡在它怀里

而大地这穹苍的兄弟
抱着人类走入深渊
对着阴暗呼唤影子
"欲望"

影子我的兄弟
此刻的风
骤然吹起你的名字
"善心"
或者"人性"

你在高高隆起的雪山
为了接近穹苍

·········鸿鹄的断想

人类这耀眼的星辰
在穹苍的影子下面

2015.9.27

・早安，祖国

当东方的第一缕晨曦
抹红流金溢银的山坡
在群峰叠翠的石城，沐浴着朝阳
打开南窗
我大声地说
早安！我的祖国

我的祖国是一首吟咏千年动人的诗歌
一条条赤裸裸殷红的血脉
流经我们的人生，一弯弯起伏的驼垅
摇晃我们的摇篮。您的目光
充满失眠的血丝，却永远是那样无限深情
扫过我们羸弱的脊梁。您的目光
富有弹性，让我们挺起胸膛
您是一首激昂的诗歌，北方大江大河绵绵的号子
江南花下月下幽幽的水声
透过历史的眼眸
我们站在岁月的肩膀上远眺
在黄河壶口的惊涛里
我们听到一种经久不息的激情

鸿鹄的断想

在珠穆朗玛峰的雪海中
我们凝视一种千年未变的真纯
在秦兵马俑的坑道里
我们感悟一种雄浑与深沉
长江,给予我们力量,让我们长大
黄河,给予我们智慧,让我们成熟
历史的长河

2015.10.1

·关于

今天晚上我有一个梦想
或许关于人生,文学,爱情
或许关于时间空间的旅行

现在是深夜
我们在饮酒
酒搬进了空荡荡的胃
我们掉在酒杯里
是什么声音
像酒杯碰在一起
清脆的声音
是梦想碾压的声音

2015.10.12

·传说与价值

古老的甲骨文上
关于神魔的传说
早有记载
你不停地问：
什么是价值

水扑灭了火
清晨
阳光撕裂最后黑暗
蒸发了那一缕水垢
你大喊：
这是为什么
牺牲也会有苦果

在阳光下水汽蒸发
就在此时此刻
空气中的枷锁消散
我回答：
这就是价值

无尽的岁月
可神魔的价值
谁又能说得清楚?
辗转记载在
这古老的甲骨文上

           2015.10.12

·秘密

用心封印自己的秘密
在诗中留下笔记
静静地站起来
看着行人
想象他们会有怎样的经历
风,不要再来打扰我
就让我默默地站在这里
透过行人闪亮的眸子
审视自己的内心

那是远离尘世的喧嚣
如明镜,
凝望着自己的秘密
人不是风
所以没有那般洒脱

2015.10.21

·落日时分

落日时分
慵懒的阳光下
在这涣散未散之时
是谁金色的影子
快得如鬼似魅
抱住了我的心魂

我无端消耗你那里
被你无辜贪噬的青春
似乎是你们的权力
你们想过我吗？

一个人的时间
没有人打扰的安静
幸福在天空
闪着齿轮的光芒

人们不知道
没有人讲
谁又会知道

………鸿鹄的断想

这是心魂的秘密
有的只是影子
锐利的金属
划破手掌
鲜血滴落下来
珠峰被染成红色
紧紧地抓住落日

而鬼魅
我生命的心魂
在这涣散未散之时
埋没于时间的尘埃

美丽的红日
缓缓坠地
余辉温暖着
你爱的那个人
金色的影子
拥抱着我

2015.10.31

·落寞

落寞的阳光像雨
它从海洋向天空升腾
遥远而浩瀚的平芜
升向远方的城市
落于午后的黄昏

阳光像雨一样
洒向明天的道路
落寞一无所获
忧伤地落在地上

辽阔的大地
落寞似雨珠
缓缓地滴落

2015.11.23

·影

你多么可爱
玲珑的树影
阳光在地上
我在家中
影子缠绕心魂
你在我家阳台做梦
赤金色的柔发
银白色的眸子
你多么可爱

月光洒下
我能看透一切
你看不到一切
黑暗与黎明交织在一起
化作清晨的游鱼

风,野性的狼
激起了你的怒火
它徘徊于嗜血边缘
你徘徊于心与魂之间

赤金色的柔发
银白色的眸子
梦见你多么可爱
化作中午玲珑的影

　　　　　　　　　　　2015.12.3

·十一月的情人

叶绿素通过阳光催动花朵
次元素通过时间催动岁月
是我的岁月
十一月末吻别佝偻的花
拥抱冬日的风雪
你的情人
试图碾压我的青春

天气通过风雪
冰封河流无法催动石头
十一月，你可恶的情人
使我的血液凝结
血管即将刺裂
试图结束我的生命

上帝，青春的手
扬起风，融化雪
将手放在炙热的心房
凝结的血液
如今在倾泻奔腾
那铿锵的节奏

十一月是次元时间情人的眼
风雪在我的青春融化成花朵

　　　　　　　　　　　　　2015.12.5

………鸿鹄的断想

· 南京南京

让我回到那座城市
熟悉光华门的街道
被染红的大地
似有厉鬼在咆哮
红得像是大地的颈动脉
被划破
是人类的鲜血

这是"文明人"对所谓
其他人的杀戮
这是文明人的行为

你不要出来
南京河边路灯下
是累累白骨
这里是地狱
不,地狱是天堂

从十二月十三日起
这里不分昼夜

杀戮
恶魔的天堂
美丽的女孩
我知道你不愿死去
你的眼一直睁着
我和你有一样的祖先
我们都是中国人

谁让你衣衫不整
没关系，
我来拥抱你圣洁的灵魂
我不会忘记这一切
亡灵安息吧

刚毅的青年
我知道你不愿死去
你的手一直拽着勃朗宁
我和你有一样的信仰
我们都是国人

是谁把你肢解
没关系，
我来安抚你不屈的执念

......鸿鹄的断想

我不会忘记这一切
亡灵安息吧!

上帝,我还有夙愿
召回死难者的精魂

我住在被轰塌的高楼
请不要为我担心

我整天看着文明人
仿佛听到刺刀割开血肉的声音

      谨以此诗哀悼死难的三十万同胞
          2015.12.13

·泣血孤愤

我做了梦
梦见自己喝酒
血色的酒
那是个幽暗的日子
我似乎走到了人类的尽头
空气中染上了血的气味
青天白日没有那么闪耀
我一个人走着
南京

我似乎走到了人类的尽头
忍着一堆堆白骨化为灰烬
对于无故死难的人
士兵或少女
我给予全部血泪与同情

我似乎走到了人类的尽头
我闻到了血腥味道
士兵你是我当年的兄弟
还记得一起喝酒的日子

………鸿鹄的断想

还记得你教我上膛

记得十二月十二日夜
殉国前你说：
身为党国人，
最后一颗子弹留给自己！
是的，你死了
是他们肢解了你
畜生！！！

兄弟，没事
你是中华之男儿
你是党国之英烈
无数的你民族的脊梁

我似乎走到了人类的尽头
我那湿润的眼眶
冒出愤怒的火焰
少女你是我当年姐妹
还记得你的天真善良

你为何衣衫不整？
暴尸荒野！

记得八月十四日晨
临行前你说：
一定要活着
可是你死了，
是他们凌辱了你
禽兽！！！

我走到了人类的尽头
我也不会忘记这一切
世上曾经最苦难的民族
我还爱着
我还爱着同胞！
我还爱着中国人！！
爱着古老的中国！！！

2015.12.13

·空虚

空虚是
灵魂与肉体的誓言
他们
不分你我
是精神与形体的融合
不是妥协

越过雾霾的
是阳光
撒向大地的
是温暖
清晨我还在睡
没有醒
空虚是气体

2016.2.16

· 雨

二月的雨还是这样
像阳光一样讨人喜欢
漆黑的夜空
偶尔星光闪烁
像是刻意的映衬

寂寞在荒芜中生长
是另一种情调
我们是宇宙的尘埃
渺小而没有方向
不同于阳光
刹那间照在地上
仰视着冰冷和微茫
落在土地上开出希望

2016.2.29

·对岸

船毁了
我站在你的对岸
河水波涛汹涌
想阻止我
我影子在流动
像一棵奇异的树
倒着生长
慢慢向你靠拢
我也要到对岸去
掠过一只孤独的鸿鹄
向我扑来

2016.4.3

·晴（一）

今晚的夜空
好想你——晴
此刻的风骤然吹起
是我在想你
我坐于温润的大地
美丽的少女——晴
我想拥抱你
坐在星辰里

赠予温婉如诗如画的你

2016.4.3

·晴（二）

当时间老人沉睡
我将穿越历史的阻隔
转身与你拥抱在一起
晴

当飞鸟掠过上空
你将回眸那落日
消失在中心街道
晴

当我穿过汹涌的人群
晴，我将拥抱你
这一世爱你的
不再是别人
而是我

赠予温婉明媚如诗如画的你
2016.4.3

·晴（三）

一个温暖美好的名字。
你是我的秘密，
我的新娘；
叫做——晴。

你问我为什么爱你？
只因坐于星辰下，
我做梦搂着你的胳膊。

赠予温婉明媚如诗如画的你

2016.4.3

我爱的你

我爱的你
空气一样清新
水一样纯洁
天空；大地

我爱的你
柔软的长发
睡在你的肩
像星辰一样可爱
像阳光一样妩媚

我爱的你
古楼上
闪烁着爱的光芒
奔涌的心
开朗下的孤独
我想拥抱你

你的清新
燃烧了属于我的天空

于是我化为纯洁的水

散落在你的大地

         赠予温婉明媚如诗如画的你

              2016.4.3

……鸿鹄的断想

·遥远的思念

清晨
看似幸福的一日
阳光抚慰着沙滩

诗人
看似幸福的青年
望着远方的海岸线
定了定神

爱我的人已经出现
在生活里
我爱的人却在远方

赠予温婉明媚如诗如画的你
2016.4.3

·星辰下

我坐于星辰下,
星光皎洁。
我做梦搂着你的胳膊——晴
在星辰下安坐。

星辰皎洁而明亮,
在黑夜泛着银光;
洒在我赤金色的长发。

你行色匆匆,
星辰,你的名字。
尘埃散落在我的手掌。

我坐于星辰下,
升起的月和眼;
星辰,
躲在山谷,
在青涩的麦地。

……鸿鹄的断想

　　我做梦搂着你的胳膊——晴
　　星辰上安放着求婚的戒指。

2016.4.13

·黑夜

屋外下着雨
像音符落在黑白的琴键上
淅淅沥沥
在漆黑的夜回响

空荡荡的房间
过滤出我的脸
一张年轻的脸
或许

源于自由
源于理想
心用于丈量人生
许多人都成了智障
在黑夜里

2016.4.16

·洗手

清水接触手掌
漫过细腻的掌纹
温度是湖中的鱼
在掌间跃动

拥有像果实一样
张力的生命体
像凝神的野兽
像倒着生长的树
缓缓坠落漆黑的深渊

2016.4.19

· 饥饿

空荡荡的餐桌，
齿轮在黑暗中转动
让我们感受
食物的诱惑
在伤口撒点盐

饥饿的人
看我们的目光
变得炙热
如火焰
冉冉升起

夜
光影雷动
我开始进食

2016.4.23

游戏人生

风梳理着黑夜的头发，
有很多人等着回家
乌云汇聚的麻烦
下起了雨

阴霾的天气
像麻木的人

思念一动不动
我们曾在阳光下奔跑
直到记忆中的脸
变得斑驳

请坐下来，探讨
这些年我们剩下的情感

2016.4.23

· My Attitude

展开联想，五百年之后
我已化为时间的尘土
连我躺的黑匣子也已腐烂
那时你也一样

或许你也不知道我喜欢你
但，已没有关系
一切的一切早已远去
街上的人群是崭新的人类

此刻我的心：
深沉，平静且坚如磐石
你接不接纳我
都可以
至少现在的我
喜欢你

五百年以后
都已尘归尘
土归土

………鸿鹄的断想

时间会风化超越生命的情感
时间最终也宽恕我曾经伪装的罪恶
五百年后,愿我们彼此的灵魂安息
——致我爱的姑娘

赠予温婉明媚如诗如画的你
2016.4.25

·春雨

春日的美丽
南方穿上生命衣裳
四月底来的雨水
浮现在宁静的村庄
宛如我爱的晨曦

你好,春天
透过远方的光线
来自遥远的海
我不会忘记你的
海子或许是被遗忘的诗人
春风过处
雨是天空黑白的琴键
在地上弹出奇异的乐章

雨水漫过
昨日的土壤
拥有张力的生命

............鸿鹄的断想

一切源于春天

多么令人向往

2016.4.26

·孤独的鱼

孤独的一条鱼
在孤独水箱里
放在清泉里

在水里孤独地睡去
梦见自己做了国王
主宰一切的一切

它的孤独生出了两个孩子
围着自己在爱情
他们是水中的氧气
浮在水箱底

现在只有孤独的水箱
消失不见的鱼

2016.4.27

无题（二）

灿烂的阳光下
树叶变得透明
我在阅读
时间无情地碾压过青春
跳动的心不再年轻

欢快带着萧瑟的气息
没什么可以阻挡
它走了
是新的开始还是结束

我不知道
我只是斑驳了

2016.4.27

· 无题（三）

看见了
真的看见了
在生长着如同
闪电般荆棘的丛林
一人缓慢地爬出来
像一只蛆在地上移动
他的表情极度扭曲
很是痛苦

2016.4.27

·致鸿鹄

天空中掠过你的影子
蛇鼠恐惧地战栗

我来为你辩驳
回到人类大街上
戴上思想的帽子
如果你不会死,鸿鹄

2016.4.28

·苦痛

我看不见
我真的看不见
混沌的湖底
灵动的游鱼
我似乎无法融入她的生活
那秘密生活
我们是两个世界的人
我似乎无法穿越

我就像一匹黑马
被人勒住了喉咙
痛苦极了
我迅速地转身
在城市的街角
我的影子遮挡了天空

2016.4.29

……鸿鹄的断想

- I Miss you

最初的情感
如孩子或飞鸟
或许我的睡意
早已是蒙胧
像一片新叶
沉入云雾中

如果记忆还没有睡
我希望尽可能的去
思念远方的你

如果可以我希望
直到树投下玲珑的影

落日时分
你在另一个城市
倾听我对你的思念

2016.4.29

·寻鱼

沿着你未曾消退的足音
我找寻你
高高隆起的巨大影子
遮蔽了天空
在路上
一颗迷茫的种子
深深地扎进了心底
我被指引向澄澈的湖
微波中那玲珑的倒影
我看见了你
那如阳光般明媚的眼睛

2016.4.29

······鸿鹄的断想

·历史

幽长的石阶通往
最阴暗的地方
历史

有的人被鞭打着走
像被驯化的狗
空旷的梦被穿透
希望没有
一颗风化的石头
世间的谎言
既存在又缥缈
人类的智慧
野兽的牙齿
都从亘古走来
在时间沉淀了
几千年以后
历史的车轮
斑驳的文字

2016.4.30

无题（四）

喧嚣消失在夜里
结成了耀眼的星辰
扩散在浩瀚的宇宙
星辰是没有记忆的石头
如同冥想的山谷
此刻绕开人类

2016.4.30

午夜断想

充了电的手机
背叛了我
成了时间的节度使
在黑暗中告诉我
凌晨我还工作

一只飞蛾在攻打电灯
拉长的影子像幽灵
细长的腿支撑着庞大身躯
或许这样幽灵就有了历史

2016.5.1

· 悲哀

有丰富语言
在这个世界肆意横行
有时候像火星撞地球
激烈碰撞炙热的思想
仇恨与爱情
让理性的灯塔沦陷
衣衫单薄的理想
成为人们的谈资
像蒲公英一样飘散开来
最后坠落于盲目的酒杯
无声无息地消失
很多时候理想的诞生
也伴随着痛苦
人类的痛苦有增无减

2016.5.1

·等

谁在等待
预约太阳
你没有如期而至
这或许就是爱情的意义

我关上了门
屋内一片黑暗
桌子卸下了我的负担
像手表散落的零件

2016.5.1

·思念（一）

今夜是遇不见你，
我的忧伤可曾触及你的指尖。
思念却渗透我的血液，
如液体般，
流入我的心魂，
独自品尝我的忧伤与思念。

2016.5.7

· 思念

给我阳光
给我爱情
给我星辰和灵魂
给我诗歌
给我安慰！！

我的幸运日
这是为可爱的
过分的少女
坐在故乡的草地上。

在温柔的月光下
使尘世里的少男
灵魂忍不住的思念。

2016.5.7

· 夏日的雨

夏日的美丽
南方裹着鲜艳的服饰
夏日的雨水
我爱你
像黎明的曙光

雨水
来自太阳的光线
折射出树玲珑的影
新叶间被遗忘的露珠
遗忘
我没有忘记你
夏日
雨水漫过今夜
淅淅沥沥
清新的
像黎明的曙光

2016.5.7

温婉明媚如诗如画的只有晴天。

——鸿鹄痴梦

图书在版编目（CIP）数据

鸿鹄的断想 / 鸿鹄痴梦著 . — 北京：北京燕山出版社，2017.6

ISBN 978-7-5402-4473-6

Ⅰ.①鸿… Ⅱ.①鸿… Ⅲ.①诗集—中国—当代 Ⅳ.①I227

中国版本图书馆 CIP 数据核字 (2017) 第 067231 号

鸿鹄的断想

作　　者：	鸿鹄痴梦
责任编辑：	涂苏婷
责任校对：	甄　飞　石　英
装帧设计：	方元图书
社　　址：	北京市西城区陶然亭路 53 号（100054）
网　　站：	http://www.bjyspress.com/
微　　博：	http://weibo.com/u/2526206071
电　　话：	01065240430
传　　真：	01063587071
印　　刷：	成都市拓展印务有限公司
开　　本：	880×1230　1/32
字　　数：	50 千字
印　　张：	4.5
版　　次：	2017 年 7 月第 1 版
印　　次：	2017 年 7 月第 1 次印刷
定　　价：	20.00 元
出版发行：	北京燕山出版社

版权所有　盗版必究